CB136132

ouvindo estrelas

ANTOLOGIA

ouvindo estrelas

ANTOLOGIA

Organizada por *José Mauro da Costa*
Professor de Literatura Brasileira

MAZZA
edições

Copyright © 2003 *by* José Mauro da Costa (org.)

Capa
Paulo Bernardo F. Vaz
(sobre ilustração de Cláudia Paoliello)

Ilustrações
Walter Lara

Editoração eletrônica
Maria Carmelita Ferreira Andrade
Pablo Guimarães

Revisão
Ana Emília de Carvalho

Dados Internacionais de Catalogação na Publicação (CIP)

O95 Ouvindo estrelas : antologia / José Mauro da Costa (org.). – Belo Horizonte : Mazza Edições, 2003.
120 p.

ISBN 85-7160-223-9

1. Poesia brasileira. I. Costa, José Mauro Costa.

CDU: 869.0(81)-1
CDD: B869.1

Produção gráfico-editorial
Mazza Edições Ltda.
Rua Bragança, 101 – Bairro Pompéia
30280-410 Belo Horizonte – MG
Telefax: (31) 3481-0591 • *e-mail:* edmazza@uai.com.br
www.mazzaedicoes.com.br

Para Sophia e Estêvão, meus netos.

A IMPORTÂNCIA DA INSTRUÇÃO

"A instrução é algo tão importante, que a natureza tornou possível adquiri-la de outra pessoa sem que esta, ao fornecê-la, a perdesse. Outros bens louváveis são ou impossíveis de receber de outras, tais como a força, a saúde, a beleza e a coragem, ou então quem os fornece perde a sua posse, como a riqueza e o poder."

(Pitágoras, século VI a.C.)

Caro Leitor,

Tudo muda, até o ensino escolar. O estudo do idioma, cercado muitas vezes por interesses mercadológicos, restringe-se, cada vez mais, aos que têm vocação para as Letras e Humanidades. Cria-se, então, um círculo vicioso: não se valorizam o idioma e a cultura por falta de formação e não há formação porque não se valorizam o idioma e a cultura.

Pude constatar, infelizmente, com exceções à parte, que jovens professores não têm o conhecimento de nossos grandes poetas. Até quadrinhas singelas são ignoradas, "Batatinha quando nasce", por exemplo. Por falar em quadrinha, a primeira de que me lembrei, ao organizar esta coletânea, foi uma trova de Djalma Andrade, recitada no Grupo Escolar José Bonifácio:

"Numa trova cantei tudo,
Cantei todo nosso amor;
Numa hóstia pequenina
Cabe Deus, Nosso Senhor."

O objetivo desta antologia, portanto, é resguardar esse pedaço da nossa cultura – a poesia declamada nas escolas. Acha-se em extinção, como, dentre outras espécies, a arara azul e o mico-leão-dourado, a Mata Atlântica e o bom governante (aquele que se preocupa com a próxima geração).

Estão aqui reunidas, em sua maioria, poesias mais representativas de nossa literatura infanto-juvenil. Sem distinção de autores ou arranjo por faixa etária nem preferência no índice. Por uma simples razão: elas foram aparecendo umas mais cedo, outras mais tarde, tal como vão chegando os convidados de uma festa, cada qual procurando seu lugar.

E nesta festa, se vale a comparação, cada poesia vem acompanhada de um pequeno comentário ou depoimento de pessoas interessadas em nossa cultura. Relacionei-as no final do texto. Trouxeram à lembrança os tempos de criança e eu espero que o leitor tenha também um ótimo reencontro.

SUMÁRIO

Meus Oito Anos 15
Infantilidade 17
O Descuidado 18
A Boneca 20
Deus 21
Velha Anedota 22
Natal 23
A Estrelinha 25
O Patinho 26
Menino Luxento 27
O Ninho 28
Achei um Relógio 29
O Caroço 31
Os Maridos 32
Sonho 33
A Flor e a Fonte (Cair das Folhas) 36
Trem de Ferro 38
Círculo Vicioso 40
Irene no Céu 41
Mãe Preta 42
Visita à Casa Paterna 43
Ser Mãe 44
Minha Mãe 45
Deus 47
Ilusões da Vida 48
A Língua Humana 49

A Cavalgada ... 50
As Pombas ... 51
Mal Secreto ... 52
Setim ... 53
Ouvir Estrelas ... 54
Vozes d'África (Fragmento) ... 55
O Enterro da Cigarra ... 57
O Tempo ... 58
Pardalzinho ... 59
I Juca-Pirama (Fragmento) ... 60
Canção do Exílio ... 62
Canção do Tamoio ... 64
O Gondoleiro do Amor ... 67
Navio Negreiro (Fragmento) ... 69
Implorando Perdão ... 71
Buscando Cristo ... 72
Ato de Caridade ... 73
As Virtudes ... 74
Ismália ... 75
Pássaro Cativo ... 76
A Carolina ... 78
As Duas Sombras ... 79
Igualdade Ilusória ... 80
Tristeza ... 82
Se Eu Morresse Amanhã! ... 83
A Idéia ... 84
Debaixo do Tamarindo ... 85
Plutão ... 86
Veludo ... 88

Liras (Bárbara Bela) 93
A Serra do Rola-Moça 95
A Pátria 98
A Cruz da Estrada 99
Notas 101
Referências Bibliográficas 111
Índice de Autores e Poesias 113

MEUS OITO ANOS

Casimiro de Abreu

Oh! que saudades que tenho
Da aurora de minha vida
Da minha infância querida
Que os anos não trazem mais!
Que amor, que sonhos, que flores,
Naquelas tardes fagueiras
À sombra das bananeiras,
Debaixo dos laranjais!

Como são belos os dias
Do despontar da existência!
– Respira a alma inocência
Como perfumes a flor;
O mar é – lago sereno,
O céu – um manto azulado,
O mundo – um sonho dourado,
A vida – um hino d'amor!

Que aurora, que sol, que vida,
Que noites de melodia
Naquela doce alegria,
Naquele ingênuo folgar!
O céu bordado d'estrelas,
A terra de aromas cheia
As ondas beijando a areia
E a lua beijando o mar!

Oh! dias da minha infância!
Oh! meu céu de primavera!
Que doce a vida não era
Nessa risonha manhã!

Em vez das mágoas de agora,
Eu tinha nessas delícias
De minha mãe as carícias
E beijos de minha irmã!

Livre filho das montanhas,
Eu ia bem satisfeito,
Da camisa aberto o peito,
– Pés descalços, braços nus
Correndo pelas campinas
À roda das cachoeiras,
Atrás das asas ligeiras
Das borboletas azuis!

Naqueles tempos ditosos
Ia colher as pitangas,
Trepava a tirar as mangas,
Brincava à beira do mar
Rezava as Ave-Marias,
Achava o céu sempre lindo.
Adormecia sorrindo
E despertava a cantar!

Oh! que saudades que tenho
Da aurora da minha vida,
Da minha infância querida
Que os anos não trazem mais!
– Que amor, que sonho, que flores,
Naquelas tardes fagueiras
À sombra das bananeiras
Debaixo dos laranjais!

Poesia que aprendi na minha infância. Um céu estrelado levava-me a Casimiro de Abreu.

(Elza de Moura)[1]

INFANTILIDADE

Artur Azevedo

Que reboliço vai na casa de Marieta!
É que fugiu Mignone, a gata favorita,
E tanto chora e chora a pobre pequenita,
Que o papai manda pôr anúncio na gazeta.

Da vizinhança alguém, com olho na gorjeta,
A trânsfuga encontrou, que andava de visita
Ao demo de um maltês filósofo, que habita
De um canto do fogão a cálida saleta.

Marieta, ao ver Mignone, estende-lhe os bracinhos,
Dá-lhe um banho de amor em beijos e carinhos,
Nervosa, a soluçar, e ao mesmo tempo a rir.

E entre afagos lhe diz: "Senhora, foi preciso
Pôr um anúncio! Veja o que é não ter juízo!"
E todo o anúncio lê para Mignone ouvir...

O poeta me antecipou... Oh! que saudades que tenho... Este foi o sentimento que me trouxe esta poesia!

(Irmã Berta)[2]

O DESCUIDADO

Thomaz Galhardo

Antoninho, o descuidado,
Tinha um belo sabiá
Que cantava noite e dia
Salta aqui, salta acolá.

Mas na casa havia um gato
Mau de gênio e de feição,
Que espreitava o passarinho
Com olhar de comilão.

Ó rapaz! Pois tu não vês,
Antoninho, Antoninho,
Que faltando o teu cuidado,
Morre o pobre do passarinho?

O menino nada ouvia
Sempre, sempre descuidado,
Nem ao menos punha água
Na gaiola do coitado.

Pois um dia aconteceu
Que o pobre do sabiá
Que cantava noite e dia
Salta aqui, salta acolá,

Vendo aberta a portazinha
Da gaiola, quis fugir,
Mas sem forças p'ra voar
No chão duro foi cair.

E logo o gato se atira
Ao pobre do desgraçado,
E abrindo a boca, zás-trás,
Engole-o de um só bocado.

Com Antoninho, o descuidado, e seu belo sabiá, volto ao tempo eterno da infância. E às emoções de um menino descobrindo o encantado – e, às vezes, cruel – mundo da fantasia.

(Olavo Romano)[3]

A BONECA

Olavo Bilac

Deixando a bola e a peteca,
Com que ainda há pouco brincavam,
Por causa de uma boneca,
Duas meninas brigavam.

Dizia a primeira: é minha!
É minha! A outra gritava;
E nenhuma se continha,
Nem a boneca largava.

Quem mais sofria (coitada!)
Era a boneca. Já tinha
Toda a roupa estraçalhada,
E amarrotada a carinha.

Tanto puxaram por ela,
Que a pobre rasgou-se ao meio,
Perdendo a estopa amarela
Que lhe formava o recheio.

E, ao fim de tanta fadiga,
Voltando à bola e à peteca,
Ambas, por causa da briga,
Ficaram sem a boneca ...

A historinha contada em versos por Olavo Bilac é muito interessante: tem sabor literário e tem sabor educativo.

(Alaíde Lisboa de Oliveira)[4]

DEUS

Casimiro de Abreu

Eu me lembro! Eu me lembro! – Era pequeno
E brincava na praia; o mar bramia,
E, erguendo o dorso altivo, sacudia,
A branca espuma para o céu sereno.

E eu disse a minha mãe nesse momento:
"Que dura orquestra! Que furor insano!
Que pode haver maior do que o oceano
Ou que seja mais forte do que o vento?"

Minha mãe a sorrir, olhou pros céus
E respondeu: – Um ser que nós não vemos,
É maior do que o mar que nós tememos,
Mais forte que o tufão, meu filho, é Deus.

Ainda hoje me arrepio com a leitura deste poema, que representa a maior lição de fé e catecismo de minha infância.

(Marcondes Franco)[5]

VELHA ANEDOTA

Artur Azevedo

Tertuliano, frívolo, peralta
Que foi um paspalhão desde fedelho
Sempre incapaz de ouvir um bom conselho
Tipo que morto não faria falta.

Lá um dia deixou de andar à malta
E, indo à casa do pai, honrado velho,
A sós, na sala, em frente de um espelho,
À própria imagem disse, em voz alta:

"Tertuliano, és um rapaz formoso!
És simpático, és rico, és talentoso!
Que mais no mundo te faz preciso?"

Penetrando na sala, o pai sisudo,
Que por trás da cortina ouvira tudo,
Severamente respondeu: – Juízo!

Quando releio este poema, revejo a minha saudosa esposa Márcia declamando-o em reuniões e festas familiares. Hoje, ele simboliza sua presença entre nós.

(Laércio Rocha)[6]

NATAL

Olavo Bilac

Jesus nasceu! Na abóbada infinita
Soam cânticos vivos de alegria
E toda a vida universal palpita
Dentro daquela pobre estrebaria.

Não houve sedas nem cetins, nem rendas
No berço humilde em que nasceu Jesus.
Mas os pobres trouxeram oferendas
Para quem tinha de morrer na cruz.

Sobre a palha, risonho e iluminado
Pelo luar dos olhos de Maria,
Vêde o Menino Deus que está cercado
Dos animais da pobre estrebaria.

Não nasceu entre pompas reluzentes;
Na humildade e na paz desse lugar
Assim que abriu os olhos inocentes
Foi para os pobres seu primeiro olhar.

No entanto, os reis da Terra, pecadores,
Seguindo a estrela que do presépio os guia,
Vêm cobrir de perfumes e de flores
O chão daquela pobre estrebaria.

Sobem hinos de amor ao céu profundo:
Homens! Jesus nasceu! Natal! Natal!
Sobre esta palha está quem salva o mundo,
Quem ama os fracos, quem perdoa o mal!

Natal! Natal! Em toda a natureza
Há sorrisos e cantos nesse dia.
Salve o Deus da humildade e da pobreza,
Nascido numa pobre estrebaria!

Estes versos foram recitados por mim, há setenta e oito anos, no Grupo Escolar Olegário Maciel.

(Dulce Rocha Esteves)[7]

A ESTRELINHA

Martins d'Alvarez

Vejo à noite uma estrelinha
no céu, piscando, piscando...
Mamãe diz que ela, de longe,
pisca, pisca, me chamando...

Quando eu crescer e papai
me comprar um avião,
vou te buscar, estrelinha,
na palma da minha mão.

Matheus me segura pela mão, olha para o céu e diz:
– Vovó, conta a história da estrelinha, do avião!

(Terezinha Maria Leão Gonçalves)[8]

O PATINHO

Francisca Júlia

O pintainho do pato,
galante, amarelo e novo,
mal saiu da casca do ovo
busca as águas do regato.

Todo ele, tão lindo e louro,
enquanto nas águas bóia,
tem a graça de uma jóia
feita em ouro.

É do gosto popular. Não lembro quando a aprendi. Asseguro, há mais de sessenta anos.

(Maurício Lourenço da Costa)[9]

MENINO LUXENTO

Tavi Pagano

Menino luxento,
Você quer empada?
– Não, mamãezinha,
Está muito salgada.

Menino luxento,
Você quer assado?
– Não, mamãezinha,
Está muito tostado.

Menino luxento,
Você quer salada?
– Não, mamãezinha,
Está muito aguada.

Menino luxento,
Você quer pudim?
– Não, mamãezinha,
Está muito ruim.

Menino luxento,
Você não quer nada?
Menino luxento,
Pois tome palmada.

Palmada eu não tomei, não. Mas também só comia feijão com arroz, sem carne.

(Vavá)[10]

O NINHO

Martins d'Alvarez

Um ninho de tico-tico,
Feito com arte e primor,
Achei no galho mais rico
Da minha roseira em flor.

Dentre as flores encoberto,
Ninguém sabe se ele existe.
É preciso olhar de perto
Para que a gente o aviste.

E lá no fundo somente
Três ovitos, nada mais...
E o ninho tão fofo e quente!
E os três ovos tão iguais!

Mas tive muito cuidado,
Não toquei com meus dedinhos;
Mamãe disse que é sagrado
O ninho dos passarinhos.

Ao reler esta poesia, senti saudades de minha mãe e de seus ensinamentos sagrados.

(Hortência Vaz)[11]

ACHEI UM RELÓGIO

João Kopke

"Achei um relógio!"
Gritava Janjão,
pulando e cantando
com ele na mão.

"Achei um relógio
com uma corrente!
Que belo, que belo!
Agora sou gente."

E, pondo ao ouvido
a jóia, a escutava
fazer tique-taque
e mais se alegrava.

Porém, de repente,
medita Janjão:
"Não é que ele diz-me
Janjão é ladrão?"

E logo na rua
se põe a correr,
quem era seu dono
tentando saber.

Ao cabo descobre
que fora um criado
que o tinha perdido
havia um bocado.

Entrega-lhe logo,
e ele ao patrão
o leva, e agradece,
ao bom do Janjão

Por tê-lo livrado
de um susto e de um pito.
Não acham, meninos,
Esse ato bonito?

Achar um relógio... Por justiça há de ser devolvido ao seu dono! Mas... e o tempo marcado pelo relógio? Esse, não teremos quem o devolva...

(João de Assis Marques / Janjão)[12]

O CAROÇO

Bastos Tigre

Eu comi, ontem no almoço,
a azeitona de uma empada;
depois botei o caroço
sobre a toalha engomada.

Mas a mamãe logo nota
e me ensina com carinho:
– O caroço não se bota
sobre a toalha, benzinho!

O que ela me diz eu ouço
sempre com toda atenção!
E perguntei-lhe: – O caroço,
mamãe, onde boto então?

– Toda pessoa de linha,
de educação, de recato,
o osso, o caroço, a espinha,
põe num cantinho do prato.

E eu depressa lhe respondo:
– Mas, mamãe, repare bem!
Meu prato é todo redondo,
cadê cantinho? Não tem!

Bati os olhos no poema e relembrei de cara a minha infância, quando, em escola pública rural (Açaraí), a mestra me mandou ler os versos que decorei.

(Manoel Lobato)[13]

OS MARIDOS

Tavi Pagano

Por duas coisas de arromba
Eu nunca hei de passar:
A primeira é levar bomba,
A segunda é me casar.

Pois só de estar pensando
Em aturar um marido,
Sinto a vista me faltando
E um zumbido no ouvido.

Durante o noivado, minha gente,
Que santo, que perfeição!
A moça sonha contente:
"Farei um casamentão!"

Mas depois, é tão diferente...
Fica bravo, ranzinza, mandão,
Não há mulher que agüente
Tanto horror, que judiação!

É um nome tão odiado
Essa palavra – marido –
Que só pode ser rimado
Com... metido, fingido, bandido!

Foi meu "carro-chefe" aos 6, 7 anos, e até hoje, de quando em quando, me pedem para recitá-la.

(Beatriz M. Costa)[9]

SONHO

João Kopke

À hora em que as cortinas
Se fecham lentamente
E a noite vai descendo
Silenciosamente,

Os olhos cerro e durmo
No meu quentinho leito
E sonho por mil mundos
Passeio satisfeito

Ainda ontem (bem me lembro!)
Entrei numa cidade.
E que cidade linda!
Pena não ser verdade.

As ruas todas eram
De pão-de-ló calçadas,
De rapadura – as casas;
Os muros – de queijadas.

O chocolate andava
Em carros pelas praças
Eram de açúcar-cândi
Os vidros das vidraças.

Nem uma chave havia
Nas portas dos armários;
Brincavam peixes rubros
Na calda dos aquários.

Empadas descobertas
Serviam de canteiros;
Por flores tinham dentro
Os camarões inteiros.

Nas árvores dos passeios
Cresciam bons-bocados
Pastéis de natas, figos
E passas e queimados.

A catedral enorme
Era de goiabada,
Com sino e duas torres
Tudo de marmelada.

Um chafariz de bolo
Inglês vertia mel,
Borgonha e malvasia
Champanhe e moscatel.

A biblioteca tinha
Só livros de beiju;
Mesas de queijo suíço,
Cadeiras de sagu.

Chovia cajuada
Groselha e capilé,
Em lama de geléia
Escorregava o pé.

E eu comendo sempre,
Comendo sem parar,
Quando mamãe me veio
De súbito acordar!

Vocês façam idéia
Como fiquei danado:
Havia um pudim de creme
Apenas principiado!

Ensinamos poesias às crianças pela repetição, fazendo mímica e sons. Esse sonho tão gostoso – até mamãe me acordar! – é do meu tempo de menina, no Barão de Macaúbas. Foi ótimo reencontro e vou usar a poesia nas minhas próximas histórias.

(Alice Carvalho)[14]

A FLOR E A FONTE (Cair das folhas)

Vicente de Carvalho

Deixa-me, fonte! Dizia
A flor, tonta de terror,
E a fonte, sonora e fria
Cantava, levando a flor.

Deixa-me, deixa-me, fonte!
Dizia a flor a chorar:
Eu fui nascida no monte
Não me leves para o mar.

E a fonte, rápida e fria,
Com um sussurro zombador,
Por sobre a areia corria,
Corria levando a flor.

Ai, balanços do meu galho,
Balanços do berço meu;
Ai, claras gotas de orvalho
Caídas do azul do céu!...

Chorava a flor e gemia,
Branca, branca de terror,
E a fonte sonora e fria
Rolava levando a flor.

Adeus, sombra das ramadas,
Cantigas de rouxinol;
Ai, gestas das madrugadas,
Doçuras do pôr-do-sol;

Carícia das brisas leves,
Que abrem rasgões de luar...
Fonte, fonte não me leves,
Não me leves para o mar!

As correntezas da vida
E os restos do meu amor
Resvalam numa descida
Como a da fonte e da flor...

Lembro-me até do desenho desta poesia, no livro da 2ª série. Ótima lembrança!

(Lígia Melo da Costa)[15]

TREM DE FERRO

Manuel Bandeira

Café com pão
Café com pão
Café com pão
Virge Maria, que foi isso maquinista
Agora sim
Café com pão
Agora sim
Voa, fumaça
Corre, cerca
Ai seu foguista
Bota fogo
Na fornalha
Que eu preciso
Muita força
Muita força
Muita força
(trem de ferro, trem de ferro)

Oô...
Foge bicho
Foge povo
Passa ponte
Passa poste
Passa pasto
Passa boi
Passa boiada
Passa galho
Da ingazeira
Debruçada
No riacho
Que vontade

De cantar!
Oô...
(café com pão é muito bom)

Quando me prendero
No canaviá
Cada pé de cana
Era um oficiá
Oô...
Menina bonita do vestido verde
Me dá tua boca
Pra matar minha sede

Oô...
Vou mimbora, vou mimbora
Não gosto daqui
Nasci no sertão
Sou de Ouricuri
Oô ...
Vou depressa
Vou correndo
Vou na toda
Que só levo
Pouca gente
Pouca gente
Pouca gente
(trem de ferro, trem de ferro)

Manuel Bandeira, no Trem de Ferro, *nos reporta à nossa infância e faz com que hoje nos sintamos, nostalgicamente, no reino do faz-de-conta. Ele tem o seu modo de ser e de existir, dando-nos, com a pureza e singeleza das palavras em cada verso, a sensação cadenciada e rítmica de uma viagem inocente e pura.*

(Maria Elvira)[16]

CÍRCULO VICIOSO

Machado de Assis

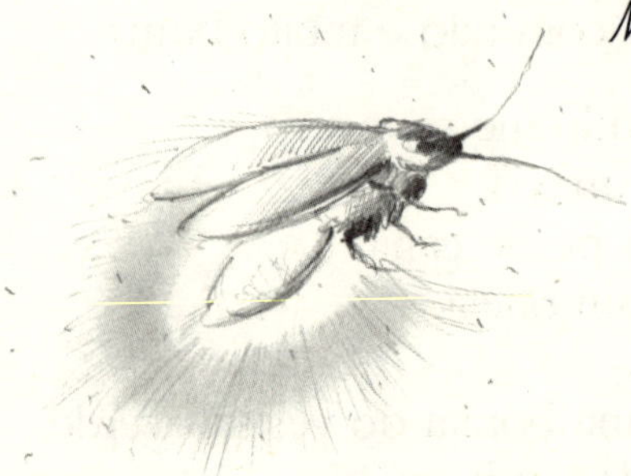

Bailando no ar, gemia inquieto vaga-lume:
"Quem me dera que eu fosse aquela loira estrela
Que arde no eterno azul, como uma eterna vela!"
Mas a estrela, fitando a lua com ciúme:

"Pudesse eu copiar-te o transparente lume,
Que, da grega coluna à gótica janela,
Contemplou, suspirosa, a fronte amada e bela"
Mas a lua, fitando o sol com azedume:

"Mísera! Tivesse eu aquela enorme, aquela
Claridade imortal, que toda a luz resume"!
Mas o sol, inclinando a rútila capela:

Pesa-me esta brilhante auréola de nume...
Enfara-me esta luz e desmedida umbela...
Por que não nasci eu um simples vaga-lume?"...

"Guardo com muito carinho a lembrança deste soneto. Sempre tentei ensinar aos meus filhos o gosto pela poesia. Com a Isa deu certo!"

(Nilva)[17]

IRENE NO CÉU

Manuel Bandeira

Irene preta
Irene boa
Irene sempre de bom humor.

Imagino Irene entrando no céu:
– Licença, meu branco!
E São Pedro bonachão:
– Entra, Irene. Você não precisa pedir licença.

Essa Irene se parece com a Tia Anastácia.

(Juninho, 12 anos)[18]

MÃE PRETA

Augusto Linhares

Quando Dodora ao céu chegar – é minha crença,
E ao Chaveiro dizer: – Dá licença, meu Santo?
São Pedro, vendo-a, lhe dirá com certo espanto:
– Você, Dodora, não precisa de licença! ...

E a porta lhe abrirá paternalmente. E ela,
Para de todo ser feliz numa tal hora,
Seu cachimbinho acende. Acende-o numa estrela;
Mas São Pedro lhe diz: – Não, aqui não, Dodora ...

Essa também.

(O mesmo)[18]

VISITA À CASA PATERNA

Luiz Guimarães Jr.

Como a ave que volta ao ninho antigo,
Depois de um longo e tenebroso inverno,
Eu quis também rever o lar paterno,
O meu primeiro e virginal abrigo:

Entrei. Um gênio carinhoso e amigo,
O fantasma, talvez, do amor materno,
Tomou-me as mãos, olhou-me grave e terno,
E, passo a passo, caminhou comigo.

Era esta a sala ... (Oh! se me lembro! e quanto!)
Em que da luz noturna à claridade,
Minhas irmãs e minha mãe ... O pranto

Jorrou-me em ondas ... Resistir, quem há-de?
– Uma ilusão gemia em cada canto,
Chorava em cada canto uma saudade ...

Recordar é viver. Com saudades, vejo-me aos 10 anos num palco de Grupo Escolar com as perninhas trêmulas e muito emocionada, declamando esta comovente poesia.

(Maria Geralda C. Caldas)[19]

SER MÃE

Coelho Neto

Ser mãe é desdobrar fibra por fibra
o coração! Ser mãe é ter no alheio
lábio que suga, o pedestal do seio,
onde a vida, onde o amor, cantando, vibra.

Ser mãe é ser um anjo que se libra
sobre um berço dormindo! É ser anseio,
é ser temeridade, é ser receio,
é ser força que os males equilibra!

Todo bem que a mãe goza é bem do filho,
espelho em que se mira afortunada,
luz que lhe põe nos olhos novo brilho!

Ser mãe é andar chorando num sorriso!
Ser mãe é ter um mundo e não ter nada!
Ser mãe é padecer num paraíso!

Doces reminiscências... Grupo Escolar Manuel Fulgêncio, em Araçuaí... Diretoria do Grêmio Literário e a preparação da festa mais famosa da escola: o Dia das Mães. Que saudade!

(Nair)[20]

MINHA MÃE

Casimiro de Abreu

Da pátria formosa, distante e saudoso,
chorando e gemendo meu canto de dor,
eu guardo no peito a imagem querida
do mais verdadeiro, do mais santo amor:
– Minha mãe!

Nas horas caladas das noites de estio,
sentado sozinho co'a face na mão,
eu choro e soluço por quem me chamava
o filho querido do meu coração!
– Minha mãe!

No berço pendente de ramos floridos
em que eu pequenino feliz dormitava
quem é que esse berço, com todo cuidado,
cantando cantigas, alegre embalava?
– Minha mãe!

De noite, alta noite, quando eu já dormia,
sonhando esses sonhos dos anjos do céu,
quem é que meus lábios dormentes roçava,
qual anjo da guarda, qual sopro de Deus?
– Minha mãe.

Feliz o bom filho, que pode contente
na casa paterna, de noite e de dia,
sentir as carícias do anjo de amores,
da estrela brilhante que a vida nos guia:
– Minha mãe!

Por isso eu agora, na terra do exílio,
sentado sozinho co'a face na mão
suspiro e soluço por quem me chamava:
"Ó filho querido do meu coração!"
– Minha mãe!

É possível apreciar o preciosismo da poesia que nos faz reviver o passado... Impossível não se deixar embalar pelas lembranças dos antigos cursos: primário, ginasial e de nossa mãe querida, que tão bem retrata Casimiro de Abreu.

(Cida)[21]

DEUS

Olavo Bilac

Para experimentar Otávio, o mestre
Diz: Já que tudo sabe, venha cá!
Diga em que ponto da extensão terrestre
Ou da extensão celeste Deus está!

Por um momento apenas, fica mudo
Otávio, e logo esta resposta dá:
Eu, senhor mestre, lhe daria tudo,
Se me dissesse onde é que ele não está!

Que saudades que tenho da minha infância, e agora você vem fazer-me lembrar de quando era criança.

(Hernani Cardoso Mares)[22]

ILUSÕES DA VIDA

Francisco Otaviano

Quem passou pela vida em branca nuvem,
E em plácido repouso adormeceu;
Quem não sentiu o frio da desgraça,
Quem passou pela vida e não sofreu;
Foi espectro de homem, não foi homem,
Só passou pela vida, não viveu.

Sei de cor esta estrofe. Os versos são tão conhecidos que até hoje se ouve falar de alguém que vive em branca nuvem.

(Toninho do Som)[23]

A LÍNGUA HUMANA

Fagundes Varela

– Qual a mais forte das armas,
A mais firme, a mais certeira?
A lança, a espada, a clavina,
Ou a funda aventureira?
A pistola? O bacamarte?
A espingarda ou a flecha?
O canhão, que em praça forte
Faz em dez minutos brecha?
– Qual a mais firme das armas?
O terçado, a fisga, o chuço,
O dardo, a maça, o virote?
A faca, o florete, o laço,
O punhal ou o chifarote?

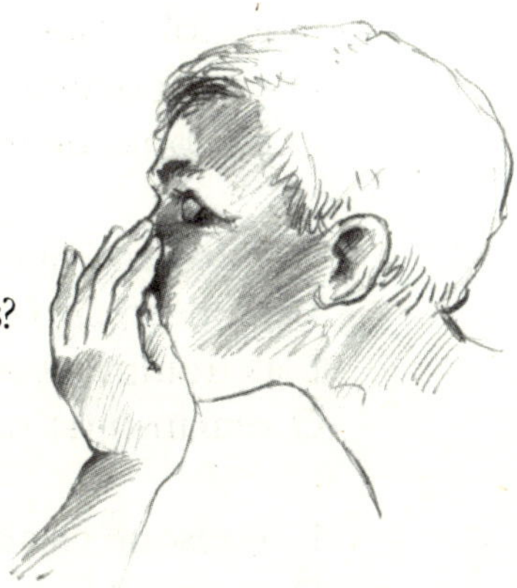

A mais tremenda das armas,
Pior do que a durindana,
Atendei, meus bons amigos,
Se apelida – a língua humana.

O professor daquela época, há pelo menos sessenta anos, mandou a classe pesquisar os substantivos esquisitos: clavina, bacamarte, terçado, essas armas. Vou confessar: já tinha-me esquecido de Fagundes Varela e da Língua Humana e hoje reabri o dicionário para ver o que são chifarote e durindana. Alguém sabe? Voltei aos 11 anos...

(Luís Edmundo, Didi)[24]

A CAVALGADA

Raimundo Correia

A lua banha a solitária estrada...
Silêncio!... Mas além, confuso e brando,
O som longínquo vem se aproximando
Do galopar de estrada cavalgada.

São fidalgos que voltam da caçada;
Vêm alegres, vêm rindo, vêm cantando,
E as trompas a soar vão agitando
O remanso da noite embalsamada...

E o bosque estala, move-se, estremece....
Da cavalgada o estrépito que aumenta
Perde-se após no centro da montanha...

E o silêncio outra vez soturno desce,
E límpida, sem mácula, alvacenta,
A lua a estrada solitária banha...

Sempre gostei de poesia. Fui marcada pelo romantismo bucólico do povoado onde vivi a infância. Gostava de declamar em todas as festas. Até hoje, a poesia acalma a minha alma e transporta-me para os saudáveis tempos guardados em minha memória. Tantos poemas e poetas inesquecíveis! Raimundo Correia, um deles, imprimiu em meu coração a dor boa do inexplicável e a alegria das doces esperanças que jamais se apagaram.

(Matilde Pinto de Carvalho)[25]

AS POMBAS

Raimundo Correia

Vai-se a primeira pomba despertada...
Vai-se outra mais... Mais outra... Enfim dezenas
De pombas vão-se dos pombais, apenas
Raia sanguínea e fresca a madrugada.

E à tarde, quando a rígida nortada,
Sopra, aos pombais, de novo, elas, serenas
Ruflando as asas, sacudindo as penas
Voltam todas em bando e em revoada...

Também dos corações onde abotoam,
Os sonhos, um por um, céleres voam
Como voam as pombas dos pombais;

No azul da adolescência as asas soltam,
Fogem... Mas aos pombais as pombas voltam
E eles aos corações não voltam mais...

Voar, sonhar e voltar. Só as pombas conseguem fazer. Quem me dera voltar a sonhar os mesmos sonhos sonhados e... não realizados.

(Maria do Carmo)[26]

MAL SECRETO

Raimundo Correia

Se a cólera que espuma, a dor que mora
N'alma e destrói cada ilusão que nasce;
Tudo o que punge, tudo o que devora
O coração, no rosto se estampasse;

Se se pudesse o espírito que chora
Ver através da máscara da face,
Quanta gente talvez que inveja agora
Nos causa, então piedade nos causasse.

Quanta gente que ri talvez consigo
Guarda um atroz, recôndito inimigo,
Como invisível chaga cancerosa!

Quanta gente que ri, talvez, existe,
Cuja ventura única consiste
Em parecer aos outros venturosa.

Quem não sofreu, sofre ou sofrerá desse mal secreto? Esconder emoções dissimulando com falso olhar, para fingir-se feliz e tranqüilo, é ato que se repete a cada momento e é próprio de nós, humanos. Este poema, verdadeira preciosidade da literatura mundial, redunda em uma das maiores obras-primas do universo.

(Guarany Gallo)[27]

SETIM

Zalina Rolim

Eu tenho um gatinho
Chamado Setim.
É alegre, mansinho,
E gosta de mim.

Bem cedo na cama
Vai ele: "miau"!
E tanto me chama
Que até fica mau.

E inventa brinquedo,
E pula no chão,
Que eu fico com medo.
Não tenho razão?

Mas ele é mansinho,
Ferir-me não vai:
Se eu fosse um ratinho
Então ai, ai, ai.

Tem quatro patinhas
Com unhas assim:
Curvadas, fininhas,
São garras, enfim.

Mas nunca merece
Castigo, isso não.
Setim me aborrece
De bom coração.

"Este poema me leva à infância, com felizes recordações."

(Mercês)[28]

OUVIR ESTRELAS

Olavo Bilac

"Ora (direis) ouvir estrelas! Certo
Perdeste o senso!" E eu vos direi, no entanto,
Que, para ouvi-las, muita vez desperto
E abro as janelas, pálido de espanto...

E conversamos toda a noite, enquanto
A Via Láctea, como um pálio aberto
Cintila. E, ao vir do sol, saudoso e em pranto,
Inda as procuro pelo céu deserto.

Direis agora: "Tresloucado amigo!
Que conversas com elas? Que sentido
Tem o que dizem, quando estão contigo?"

E eu vos direi: "Amai-as para entendê-las
Pois só quem ama pode ter ouvido
Capaz de ouvir e de entender estrelas."

Relembro um céu imensamente azul, ou povoado de estrelas, cada uma com seu brilho especial. Sonhar através delas e eleger a estrela-guia, penetrar seu fascínio, desvendar seu mistério. Hoje ainda povoam o imaginário do amor e da fantasia, brilhando intensas e eternas.

(Belti Jayme Procópio)[29]

VOZES D'ÁFRICA (fragmento)

Castro Alves

Deus! ó Deus! onde estás que não respondes?
Em que mundo, em qu'estrela tu t'escondes
Embuçado nos céus?
Há dois mil anos te mandei meu grito,
Que embalde desde então corre o infinito...
Onde estás, Senhor Deus?...

Qual Prometeu tu me amarraste um dia
Do deserto na rubra penedia
– Infinito: galé!...
Por abutre – me deste o sol candente,
E a terra de Suez – foi a corrente
Que me ligaste ao pé...

Hoje em meu sangue a América se nutre
Condor que transformara-se em abutre,
Ave da escravidão,
Ela juntou-se às mais... Irmã traidora
Qual de José os vis irmãos outrora
Venderam seu irmão.

Basta, Senhor! De teu potente braço
Role através dos astros e do espaço
Perdão p'ra os crimes meus!
Há dois mil anos eu soluço um grito...
Escuta o brado meu lá no infinito,
Meu Deus! Senhor, meu Deus!!...

Doces recordações da infância... No Grupo Escolar, meu coração de criança se emocionou ao declamar

Vozes d'África, *que expressa os anseios básicos do ser humano por liberdade. Sonho de crescimento e participação da criação e do Ser Supremo desdobrado do Infinito.*

(Geraldo Carvalho)[30]

O ENTERRO DA CIGARRA

Olegário Mariano

As formigas levavam-na... Chovia...
Era o fim... Triste outono fumarento...
Perto, uma fonte, em suave movimento,
Cantigas de água trêmula carpia.

Quando eu a conheci, ela trazia
Na voz um triste e doloroso acento.
Era a cigarra de maior talento,
Mais cantadeira desta freguesia.

Passa o cortejo entre árvores amigas...
Que tristeza nas folhas... Que tristeza
Que alegria nos olhos das formigas!

Pobre cigarra! Quando te levavam,
Enquanto te chorava a natureza,
Tuas irmãs e tua mãe cantavam...

"Esta poesia é a explicação para eu ter tanta raiva da formiga daquela fábula do La Fontaine... Todos sabem, na fábula ele nos dá uma lição acerca do valor do trabalho e despreza a cigarra, pois esta vivia a cantar sem amealhar para o futuro. Falando francamente: eu sempre preferi as cigarras."

(Isa)[31]

O TEMPO

Laurindo Rabelo (*)

Deus pede estrita conta do meu tempo,
É forçoso do tempo já dar conta:
Mas, como dar sem tempo tanta conta,
Eu que gastei sem conta tanto tempo!

Para ter minha conta feita a tempo,
Dado me foi bem tempo e não fiz conta;
Não quis, sobrando tempo, fazer conta,
Quero hoje fazer conta e falta tempo.

O vós, que tendes tempo sem ter conta,
Não gastai esse tempo em passatempo,
Cuidai, enquanto é tempo, em fazer conta.

Mas, oh! Se os que contam com o seu tempo
Fizessem desse tempo alguma conta,
Não choravam sem conta o não ter tempo.

"Este soneto é uma espécie de trava-língua, do tipo "A aranha arranha o jarro". Aprendi no ginasial, aos 14 anos, não me lembrava dele completo. Acho que Laurindo Rabelo era chamado 'o poeta lagartixa'. Como passa rápido o tempo..."

(Waldir)[32]

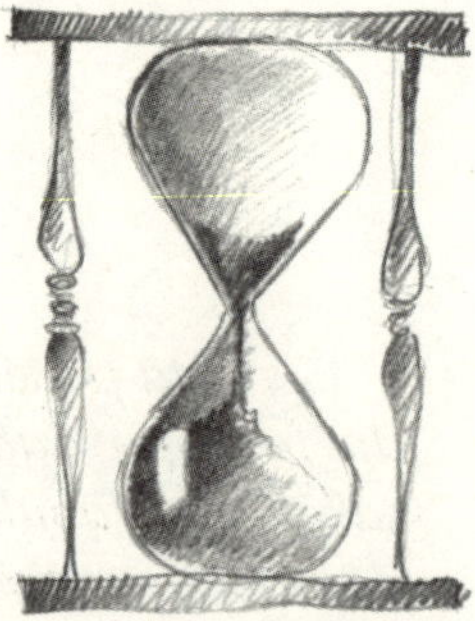

(*) Sobre a autoria, v. *Barroco do Quadrado à Elipse*, de Affonso R. Sant'Anna, Edit. Rocco, Rio, 2000, p. 93/94.

PARDALZINHO

Manuel Bandeira

O pardalzinho nasceu
Livre. Quebraram-lhe a asa.
Sacha lhe deu uma casa,
Água, comida e carinhos.
Foram cuidados em vão:
A casa era uma prisão,
O pardalzinho morreu.
O corpo Sacha enterrou
No jardim; a alma, essa voou
Para o céu dos passarinhos!

Bete, você se lembra? Copiei esta poesia do quadro da sua sala de aula, quando fomos conhecer a escola. É por intermédio dela que desejo homenageá-la e todas as professoras das escolas rurais que trabalham alicerçadas na verdadeira vocação, no desprendimento e na abnegação. Obrigada pela lição de vida.

(Yara)[15]

I JUCA-PIRAMA (fragmento)

Gonçalves Dias

IV

Meu canto de morte,
Guerreiros, ouvi:
Sou filho das selvas
Nas selvas cresci;
Guerreiros, descendo
Da tribo tupi.
Da tribo pujante,
Que agora anda errante
Por fado inconstante,
Guerreiros, nasci;
Sou bravo, sou forte,
Sou filho do norte;
Meu canto de morte,
Guerreiros, ouvi.

VIII

Tu choraste em presença da morte?
Na presença de estranhos choraste?
Não descende o cobarde do forte;
Pois choraste, meu filho não és!
Possas tu, descendente maldito
De uma tribo de nobres guerreiros,
Implorando cruéis forasteiros,
Seres presa de vis Aimorés.

Possas tu, isolado na terra,
Sem arrimo e sem pátria vagando,
Rejeitado da morte na guerra,

Rejeitado dos homens na paz,
Ser das gentes o espectro execrado;
Não encontres amor nas mulheres,
Teus amigos, se amigos tiveres,
Tenham alma inconstante e falaz.

Um amigo não tenhas piedoso
Que o teu corpo na terra embalsame,
Pondo em vaso d'argila cuidoso
Arco e flecha e tacape a teus pés!
Sê maldito e sozinho na terra;
Pois que a tanta vileza chegaste,
Que em presença da morte choraste,
Tu, cobarde, meu filho não és.

(Antônio de Abreu Rocha, *in memoriam*)[33]

CANÇÃO DO EXÍLIO

Gonçalves Dias

Minha terra tem palmeiras,
Onde canta o sabiá;
As aves, que aqui gorjeiam,
Não gorjeiam como lá.

Nosso céu tem mais estrelas,
Nossas várzeas têm mais flores,
Nossos bosques têm mais vida,
Nossa vida mais amores.

Em cismar, sozinho, à noite,
Mais prazer encontro eu lá;
Minha terra tem palmeiras,
Onde canta o Sabiá.

Minha terra tem primores,
Que tais não encontro eu cá;
Em cismar – sozinho, à noite –
Mais prazer encontro eu lá;
Minha terra tem palmeiras,
Onde canta o Sabiá.

Não permita Deus que eu morra,
Sem que eu volte para lá;
Sem que desfrute os primores
Que não encontro por cá;
Sem qu'inda aviste as palmeiras,
Onde canta o Sabiá.

Esta poesia é um hino de amor ao Brasil e às suas belezas naturais. A minha impressão é que todos os meus colegas na escola sabiam de cor, pelo menos, as duas primeiras estrofes. Ela nos dava a certeza de que vivíamos no mais lindo e melhor País do mundo. Bons tempos!

(George Washington)[34]

CANÇÃO DO TAMOIO

Gonçalves Dias

Não chores, meu filho;
Não chores, que a vida
É luta renhida:
Viver é lutar.
A vida é combate,
Que os fracos abate,
Que os fortes, os bravos
Só pode exaltar.

Um dia vivemos!
O homem que é forte
Não teme da morte;
Só teme fugir;
No arco que entesa
Tem certa uma presa,
Quer seja tapuia,
Condor ou tapir.

O forte, o cobarde
Seus feitos inveja
De o ver na peleja
Garboso e feroz;
E os tímidos velhos
Nos graves conselhos,
Curvadas as frontes,
Escutam-lhe a voz!

Domina, se vive;
Se morre, descansa

Dos seus na lembrança,
Na voz do porvir.
Não cures da vida!
Sê bravo, sê forte!
Não fujas da morte,
Que a morte há de vir.

E pois que és meu filho,
Meus brios reveste;
Tamoio nasceste,
Valente serás.
Sê duro guerreiro,
Robusto, fagueiro,
Brasão dos tamoios
Na guerra e na paz.

Teu grito de guerra
Retumbe aos ouvidos
D'imigos transidos
Por vil comoção;
E tremam d'ouvi-lo
Pior que o sibilo
Das setas ligeiras,
Pior que o trovão.

E a mão nessas tabas,
Querendo calados
Os filhos criados
Na lei do terror;
Teu nome lhes diga,
Que a gente inimiga
Talvez não escute
Sem pranto, sem dor!

Porém se a fortuna,
Traindo teus passos,
Te arroja nos laços
Do inimigo falaz!
Na última hora
Teus feitos memora,
Tranqüilo nos gestos,
Impávido, audaz.

E cai como o tronco
Do raio tocado,
Partido, rojado
Por larga extensão;
Assim morre o forte!
No passo da morte
Triunfa, conquista
Mais alto brasão.

As armas ensaia,
Penetra na vida:
Pesada ou querida,
Viver é lutar.
Se o duro combate
Os fracos abate,
Aos fortes, aos bravos,
Só pode exaltar.

A Canção do Tamoio *norteou nossa vida, especialmente dos filhos. O primeiro verso foi nossa norma para enfrentarmos a luta da vida e até hoje cada um deles o recita nos momentos de "combate". Isso o faço em memória de meu marido, que adorava recitá-lo.*

(Aparecida Sá)[35]

O GONDOLEIRO DO AMOR

Castro Alves

Teus olhos são negros, negros,
Como as noites sem luar...
São ardentes, são profundos,
Como o negrume do mar;

Sobre o barco dos amores,
Da vida boiando à flor,
Douram teus olhos a fronte
Do Gondoleiro do amor.

Tua voz é a cavatina
Dos palácios de Sorrento,
Quando a praia beija a vaga,
Quando a vaga beija o vento.

E como em noites de Itália,
Ama um canto o pescador,
Bebe a harmonia em teus cantos
O Gondoleiro do amor.

Teu sorriso é uma aurora,
Que o horizonte enrubesceu.
– Rosa aberta com o biquinho
Das aves rubras do céu;

Nas tempestades da vida
Das rajadas no furor,
Foi-se a noite, tem auroras
O Gondoleiro do amor.

Teu seio é vaga dourada
Ao tíbio clarão da lua,
Que, ao murmúrio das volúpias,
Arqueja, palpita nua;

Como é doce, em pensamento,
Do teu colo no langor
Vogar, naufragar, perder-se
O Gondoleiro do amor!?...

Teu amor na treva é – um astro,
No silêncio uma canção,
É brisa – nas calmarias,
É abrigo – no tufão;

Por isso eu te amo, querida,
Quer no prazer, quer na dor...
Rosa! Canto! Sombra! Estrela!
Do Gondoleiro do amor.

A voz do Mané-Surdo, meu pai, cantando para nós, chamando o sono. Desde então, cavatina perene!

(Eneida)[36]

NAVIO NEGREIRO (fragmento)

Castro Alves

VI

Existe um povo que a bandeira empresta
P'ra cobrir tanta infâmia e cobardia!...
E deixa-a transformar-se nessa festa
Em manto impuro de bacante fria!...
Meu Deus! Meu Deus! Mas que bandeira é esta,
Que impudente na gávea tripudia?
Silêncio. Musa... Chora, e chora tanto
Que o pavilhão se lave no teu pranto!...

Auriverde pendão de minha terra,
Que a brisa do Brasil beija e balança,
Estandarte que a luz do sol encerra
As promessas divinas da esperança...
Tu que, da liberdade após a guerra,
Foste hasteado dos heróis na lança,
Antes te houvessem roto na batalha,
Que servires a um povo de mortalha!...

Fatalidade atroz que a mente esmaga!
Extingue nesta hora o brigue imundo
O trilho que Colombo abriu nas vagas,
Como um íris no pélago profundo!
Mas é infâmia demais!... Da etérea plaga
Levantai-vos, hérois do Novo Mundo!
Andrada! Arranca esse pendão dos ares!
Colombo! Fecha a porta dos teus mares!

Estes últimos versos do poema fizeram mais pela Abolição do que inúmeros discursos dos abolicionistas da época. São maravilhosos!

(José Henriques Maia)[37]

IMPLORANDO PERDÃO

Gregório de Matos

Pequei, Senhor; mas não porque hei pecado,
Da vossa alta piedade me despido,
Porque quanto mais tenho delinqüido,
Vos tenho a perdoar mais empenhado.

Se basta a vos irar tanto pecado,
A abrandar-vos sobeja um só gemido:
Que a mesma culpa, que vos há ofendido,
Vos tem para o perdão lisonjeado.

Se uma ovelha perdida e já cobrada
Glória tal e prazer tão repentino
Vos deu, como afirmais na sacra história:

Eu sou, Senhor, a ovelha desgarrada,
Cobrai-a; e não queirais, pastor divino,
Perder na vossa ovelha a vossa glória.

Gregório de Matos pintou e bordou... e pediu para si "la derniére place en votre purgatoire", para ter a certeza de ficar com o pastor. Que doces lembranças da "Católica", nos idos dos anos 60 e meus primeiros passos na língua e literatura brasileiras, e onde encontrei tanta gente boa, amável, "brasileira".

(Jan Ooteman)[38]

BUSCANDO CRISTO

Gregório de Matos

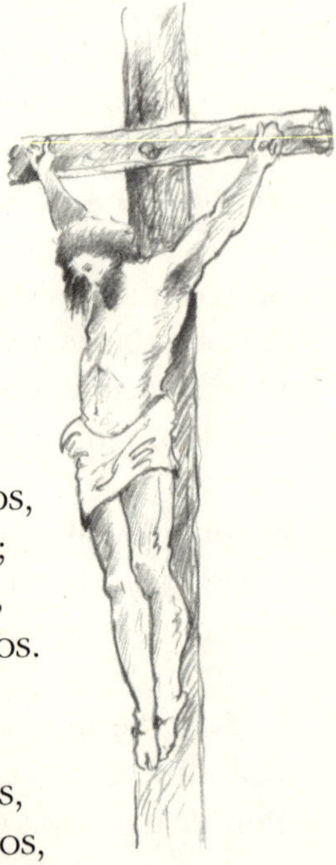

A vós correndo vou, braços sagrados,
Nessa Cruz sacrossanta descobertos;
Que para receber-me estais abertos,
E por não castigar-me estais cravados.

A vós, divinos Olhos, eclipsados,
De tanto sangue e lágrimas cobertos,
Pois para perdoar-me estais despertos,
E por não condenar-me estais fechados.

A vós, pregados Pés, por não deixar-me:
A vós, Sangue vertido para ungir-me:
A vós, Cabeça baixa por chamar-me:

A vós Lado patente, quero unir-me:
A vós, Cravos preciosos, quero atar-me,
Para ficar unido, atado, e firme.

(Q.v. comentário anterior)[38]

ATO DE CARIDADE

Djalma de Andrade

Que eu faça o bem, e de tal modo o faça,
Que ninguém saiba quanto me custou:
– Mãe, espero de ti mais esta graça:
Que eu seja bom sem parecer que sou.

Que o pouco que me dês me satisfaça,
E se, de pouco mesmo, algum sobrou,
Que eu leve essa migalha aonde a desgraça
Inesperadamente penetrou.

Que a minha mesa, a mais, tenha um talher,
Que será, minha Mãe, Senhora nossa,
Para o pobre faminto que vier.

Que eu transponha tropeços e embaraços:
– Que eu não coma, sozinho, o pão que possa
Ser partido, por mim, em dois pedaços.

Eu conheci pessoalmente o poeta Djalma Andrade. Ele escrevia "Crônicas Alegres de Belo Horizonte" no rodapé do Jornal Estado de Minas *e esta poesia, muito famosa, faz parte do seu livro* Poemas de Ontem e de Hoje, *já esgotado.*

(Amadeu Rossi Cocco)[39]

AS VIRTUDES

Alphonsus de Guimaraens

São três irmãs, são três flores,
Feitas de raios de luz,
Plantou-as, entre fulgores,
A mão santa de Jesus.

Uma é a Fé, outra a Esperança,
Vem a Caridade após...
Feliz de quem as alcança,
Vivem sempre junto de nós.

São belas como princesas
A Caridade é, talvez,
Neste mundo de incertezas,
A mais formosa das três.

Ao reler agora as inspiradas redondilhas do místico de Ouro Preto, desço do patamar etário em que me encontro e retorno à infância. Na magia da regressão, recordo o primeiro contato com As virtudes, *meu despertar para o pensamento paulino de ser a Caridade a mais excelente dentre as três irmãs. E "a mais formosa das três", encerrando o excelso aroma do sentimento, é para mim a essência das virtudes que o homem necessita adquirir para alcançar, em si, a plenitude do amor.*

(Cléber)[40]

ISMÁLIA

Alphonsus de Guimaraens

Quando Ismália enlouqueceu,
Pôs-se na torre a sonhar...
Viu uma lua no céu,
Viu outra lua no mar.

No sonho em que se perdeu,
Banhou-se toda em luar...
Queria subir ao céu,
Queria descer ao mar...

E, no desvario seu,
Na torre pôs-se a cantar...
Estava longe do céu...
Estava longe do mar...

E como um anjo pendeu
As asas para voar...
Queria a lua do céu,
Queria a lua do mar...

As asas que Deus lhe deu
Ruflaram de par em par...
Sua alma subiu ao céu,
Seu corpo desceu ao mar...

Relembrei-me com saudade, no Grupo Escolar Pedro II, de quando recitei Ismália *com tanta empolgação que consegui vê-la na torre.*

(Maurício)[41]

PÁSSARO CATIVO

Olavo Bilac

Armas, num galho de árvore, o alçapão.
E, em breve, uma avezinha descuidada,
Batendo as asas cai na escravidão.
Dás-lhe então, por esplêndida morada,
A gaiola dourada;
Dás-lhe alpiste, e água fresca, e ovos e tudo.
Por que é que, tendo tudo, há de ficar
O passarinho mudo,
Arrepiado e triste sem cantar?

É que, criança, os pássaros não falam.
Gorjeando apenas a sua dor exalam,
Sem que os homens os possam entender;
Se os pássaros falassem,
Talvez os teus ouvidos escutassem
Este cativo pássaro dizer:

"Não quero o teu alpiste!
Gosto mais do alimento que procuro
Na mata livre em que voar me viste;
Tenho água fresca no recanto escuro
Da selva em que nasci;
Da mata entre os verdores,
Tenho frutos e flores
Sem precisar de ti!

Não quero a tua esplêndida gaiola!
Pois nenhuma riqueza me consola,
De haver perdido aquilo que perdi...

Prefiro o ninho humilde construído
De folhas secas, plácido, escondido.
Solta-me ao vento e ao sol!
Com que direito à escravidão me obrigas?
Quero saudar as pombas do arrebol!
Quero, ao cair da tarde,
Entoar minhas tristíssimas cantigas!
Por que me prendes ? Solta-me, covarde!
Deus me deu por gaiola a imensidade!
Não me roubes a minha liberdade...
Quero voar! Voar!"

Estas coisas o pássaro diria,
Se pudesse falar,
E a tua alma, criança, tremeria,
Vendo tanta aflição,
E a tua mão tremendo lhe abriria
As portas da prisão...

Com as mãos tremendo – assim me sinto, ao ler, com os olhos cheios de lágrimas, estes versos de Bilac. Justifico as lágrimas: são as mesmas que, aos 10 anos, derramei no Grupo Afonso Pena, ao ler esta poesia.

(José Bento Teixeira de Salles)[42]

A CAROLINA

Machado de Assis

Querida, ao pé do leito derradeiro
Em que descansas dessa longa vida,
Aqui venho e virei, pobre querida,
Trazer-te o coração do companheiro.

Pulsa-lhe aquele afeto verdadeiro
Que, a despeito de toda a humana lida,
Fez a nossa existência apetecida
E num recanto pôs um mundo inteiro.

Trago-te flores, – restos arrancados
Da terra que nos viu passar unidos
E ora mortos nos deixa e separados.

Que eu, se tenho nos olhos malferidos
Pensamentos de vida formulados,
São pensamentos idos e vividos.

A primeira obrigação que me impôs Bolivar de Freitas, professor de Português, foi ler Machado de Assis. Assim, aos 16 anos, via-me em sessão do Grêmio Literário Dom Silvério, Ginásio Dom Silvério, em Sete Lagoas-MG, a recitar o soneto Carolina. *De Machado de Assis apanhei o vírus da literatura. Por causa dessa doença, escrevi vinte e quatro livros, entre os quais dois de contos e um de poemas. Sem falar em meio século de vida a escrever artigos de jornal.*

(João de Freitas)[43]

AS DUAS SOMBRAS

Olegário Mariano

Na encruzilhada silenciosa do Destino,
Quando as estrelas se multiplicaram,
Duas sombras errantes se encontraram.

A primeira falou: – Nasci de um beijo
De luz, sou força, vida, alma, esplendor,
Trago em mim toda a glória do desejo,
Toda a ânsia do universo... Eu sou o Amor.

O mundo sinto exânime a meus pés...
Sou delírio... Loucura... E tu, quem és?

– Eu nasci de uma lágrima... sou flama
Do teu incêndio que devora...
Vivo, dos olhos tristes de quem ama,
Para os olhos nevoentos de quem chora.

Dizem que ao mundo vim para ser boa,
Para dar do meu sangue a quem me queira,
Sou a saudade, a tua companheira
Que punge, que consola e que perdoa...

Na encruzilhada silenciosa do destino,
As duas sombras comovidas se abraçaram
E desde então nunca mais se separaram.

A emoção da leitura do poema, hoje, é aumentada pela nostalgia da mocidade que ficou lá atrás.

(Haydée)[44]

IGUALDADE ILUSÓRIA

F. Monteiro de Barros

A primavera é uma estação florida,
Cheia de imenso, divinal fulgor;
De flores enche o coração da vida,
E enche de vida o coração da flor.

A mocidade é uma estação ditosa,
Cheia de risos, de ideal prazer;
E as almas sentem um viver de rosa
Na mocidade, a rosa do viver.

Na primavera há profusão de cores;
As flores brotam no rochedo bruto
Depois... o fruto que há de vir das flores,
E as novas flores que hão de vir do fruto.

Na mocidade há melopéias calmas;
Tremem dos lábios os vermelhos frisos:
Os risos cantam no brotar das almas,
Cantam as almas no brotar dos risos.

Ambas se adornam de um viver risonho,
Iguais parecem – ambas são de amor.
Se a mocidade faz nascer o sonho,
A primavera faz nascer a flor.

Iguais parecem quando a vida as solta,
E, no entretanto, elas não são iguais:
A primavera passa e depois volta,
E a mocidade não nos volta mais.

Lá na fronteira, no ginasial do Colégio Santana, conheci o time dos poetas brasileiros em evidência. Esta foi uma das poesias que me deu mais trabalho, não exatamente pela dificuldade de memorizar os versos, mas pela confusão na alternância entre mocidade e primavera. Ficou como lembrança de um tempo onde tudo era revelação e que ainda hoje aponta para a beleza escondida por trás das imagens e das palavras.

(Túlio)[45]

TRISTEZA

Álvares de Azevedo

Eu deixo a vida como deixa o tédio
Do deserto o poente caminheiro;
Como as horas de um longo pesadelo
Que se desfaz ao dobre de um sineiro;

Como um desterro de minha alma errante,
Onde fogo insensato a consumia...
Só levo uma saudade – é desses tempos
Que amorosa ilusão embelecia.

Só levo uma saudade – é dessas sombras
Que eu sentia velar nas noites minhas...
De ti, ó minha mãe, pobre coitada,
Que por minha tristeza te definhas!

Descansem o meu leito solitário
Na floresta dos homens esquecida,
À sombra de uma cruz – e escrevam nela;
Foi poeta, sonhou e amou na vida.

Nosso professor – Otoniel Beleza, se não me engano – falava dele, em 1950 e poucos, como o poeta da tristeza e da morte, sentimento que transmite em suas poesias. Hoje, relendo sua biografia, relembrei o epitáfio gravado no seu túmulo, a seu pedido: "Foi poeta, sonhou e amou na vida". Que vida, morreu aos 20 anos, não foi?

(Evangelista)[46]

SE EU MORRESSE AMANHÃ!

Álvares de Azevedo

Se eu morresse amanhã, viria ao menos
Fechar meus olhos minha triste irmã;
Minha mãe de saudades morreria
Se eu morresse amanhã!
Quanta glória pressinto em meu futuro!
Que aurora de porvir e que manhã!
Eu perdera chorando essas coroas
Se eu morresse amanhã!
Que sol! Que céu azul! Que doce n' alva
Acorda a natureza mais louçã!
Não me batera tanto amor no meu peito
Se eu morresse amanhã!
Mas essa dor da vida que devora
A ânsia de glória, o dolorido afã...
A dor no peito emudecera ao menos
Se eu morresse amanhã!

Veja o que eu disse, no comentário de "Tristeza".

(Evangelista)[46]

A IDÉIA

Augusto dos Anjos

De onde ela vem?! De que matéria bruta
Vem essa luz que sobre as nebulosas
Cai de incógnitas criptas misteriosas
Como as estalactites de uma gruta?!

Vem da psicogenética e alta luta
Do feixe de moléculas nervosas,
Que, em desintegrações maravilhosas,
Delibera, e depois, quer e executa!

Vem do encéfalo absconso que a constringe,
Chega em seguida às cordas do laringe,
Tísica, tênue, mínima, raquítica...

Quebra a força centrípeta que a amarra,
Mas, de repente, e quase morta, esbarra
No molambo da língua paralítica.

Augusto dos Anjos é único. É ele só.

(Oscar Mendes, in: *Augusto dos Anjos, o Poeta e o Homem*)[47]

DEBAIXO DO TAMARINDO

Augusto dos Anjos

No tempo de meu Pai, sob estes galhos,
Como uma vela fúnebre de cera,
Chorei bilhões de vezes com a canseira
De inexorabilíssimos trabalhos!

Hoje, esta árvore de amplos agasalhos
Guarda, como uma caixa derradeira,
O passado da flora brasileira
E a paleontologia dos Carvalhos!

Quando pararem todos os relógios
De minha vida, e a voz dos necrológios
Gritar nos noticiários que eu morri,

Voltando à pátria da homogeneidade,
Abraçada com a própria Eternidade,
A minha sombra há de ficar aqui!

Quem lê Augusto dos Anjos uma vez não poderá jamais esquecê-lo.

(Oscar Mendes,
in: *Augusto dos Anjos, o Poeta e o Homem*)[47]

PLUTÃO

Olavo Bilac

Negro, com os olhos em brasa,
Bom, fiel e brincalhão,
Era a alegria da casa,
O corajoso Plutão.

Fortíssimo, ágil no salto,
Era o terror dos caminhos,
E duas vezes mais alto
Do que o seu dono Carlinhos.

Jamais à casa chegara
Nem a sombra de um ladrão;
Pois fazia medo a cara
Do destemido Plutão.

Dormia durante o dia,
Mas quando a noite chegava,
Junto à porta se estendia,
Montando guarda ficava.

Porém Carlinhos, rolando
Com ele às tontas no chão,
Nunca saía chorando,
Mordido pelo Plutão...

Plutão velava-lhe o sono,
Seguindo-o quando acordado:
O seu pequenino dono
Era todo seu cuidado.

Um dia caiu doente
Carlinhos... junto ao colchão
Vivia constantemente
Triste e abatido, o Plutão.

Vieram muitos doutores,
Em vão. Toda casa aflita,
Era uma casa de dores,
Era uma casa maldita.

Morreu Carlinhos... A um canto;
Gania e ladrava o cão;
E tinha os olhos em pranto,
Como um homem, o Plutão.

Depois, seguiu o menino,
Seguiu-o calado e sério;
Quis ter o mesmo destino;
Não saiu do cemitério.

Foram um dia à procura
Dele. E, esticado no chão,
Junto de uma sepultura,
Acharam morto o Plutão.

A fidelidade deste cão "negro com os olhos em brasa" ao seu dono Carlinhos enterneceu o coração da criança que eu fui, e que ainda permanece em mim.

(Leny Moreira de Moraes)[48]

VELUDO

Luís Guimarães

Eu tive um cão. Chamava-se Veludo;
Magro, asqueroso, revoltante, imundo;
Para dizer numa palavra tudo,
Foi o mais feio cão que houve no mundo.

Recebi-o das mãos d'um camarada
Na hora da partida. O cão, gemendo,
Não me queria acompanhar por nada!
Enfim – o vim trazendo.

O meu amigo cabisbaixo, mudo,
Olhava-o... o sol nas ondas se abismava...
"Adeus!" – me disse, – e ao afagar Veludo
Nos olhos seus o pranto borbulhava.

"Trata-o bem, verás como o rasteiro
Te indicará os mais sutis perigos;
Adeus! E que amigo verdadeiro
Te console no mundo ermo de amigos."

Veludo a custo habituou-se à vida
Que o destino de novo lhe escolhera;
Sua rugosa pálpebra sentida
Chorava o antigo dono que perdera.

Nas longas noites de luar brilhante,
Febril, convulso, trêmulo, agitando
A sua cauda – caminhava errante
À luz da lua – tristemente uivando.

Lembro-me ainda. Trouxe-me o correio,
Cinco meses depois, do meu amigo,
Um envelope fartamente cheio!
Era uma carta. Carta! Era um artigo.

Contando a narração miúda e exata
Da travessia. Dava-me importantes
Notícias do Brasil e de La Plata,
Falava em rios, árvores gigantes.

Finalmente, por baixo disso tudo,
Em "nota bene" do melhor cursivo,
Recomendava o pobre do Veludo,
Pedindo a Deus que o conservasse vivo.

Enquanto eu lia, o cão tranqüilo e atento
Me contemplava, e – creia, é verdade –
Vi comovido, vi nesse momento
Seus olhos gotejarem de saudade.

Depois lambeu-me as mãos humildemente,
Estendeu-se a meus pés silencioso,
Movendo a cauda, e adormeceu contente,
Farto d'um puro e satisfeito gozo.

Passou-se o tempo. Finalmente um dia
Vi-me livre daquele companheiro;
Para nada Veludo me servia,
Dei-o à mulher de um pobre carvoeiro.

E respirei "Graças a Deus! Já posso
Dizia eu – viver nesse bom mundo
Sem ter que dar diariamente um osso
A um bicho vil, a um feio cão imundo."

Gosto dos animais, porém prefiro
A essa raça baixa e aduladora
Um alazão inglês, de sela ou tiro,
Ou uma gata branca cismadora.

Mal, respirei, porém! Quando dormia
E a negra noite amortalhava tudo,
Senti que a minha porta alguém batia:
Fui ver quem era. Abri. Era Veludo.

Saltou-me às mãos, lambeu-me os pés ganindo,
Farejou toda a casa satisfeito;
E, de cansaço, foi rolar, dormindo
Como uma pedra, junto do meu leito.

Praguejei furioso. Era execrável
Suportar esse hóspede importuno,
Que me seguia como miserável
Ladrão, ou como um pérfido gatuno.

E resolvi-me enfim. Certo é custoso
Dizê-lo em voz alta e confessá-lo:
Para livrar-me desse cão leproso,
Havia um meio só: era matá-lo.

Zunia a asa fúnebre dos ventos;
Ao longe o mar na solidão gemendo
Arrebentava em uivos e lamentos...
De instante a instante ia o tufão crescendo.

Chamei Veludo; ele seguiu-me. Entanto,
A fremente borrasca me arrancava
Dos frios ombros o revolto manto
E a chuva meus cabelos fustigava.

Despertei um barqueiro. Contra o vento,
Contra as ondas coléricas vagamos;
Dava-me forças o torvo pensamento;
Peguei num remo – e com furor remamos.

Veludo à proa olhava-me choroso,
Como o cordeiro no final momento.
Embora! Era fatal! Era forçoso
Livrar-me enfim desse animal nojento.

No largo mar ergui-o nos meus braços
E arremessei-o às ondas de repente...
Ele moveu, gemendo, os membros lassos,
Lutando contra a morte. Era pungente.

Voltei à terra – entrei em casa. O vento
Zunia sempre na amplidão – profundo,
E pareceu-me ouvir o atroz lamento,
De Veludo nas ondas moribundo.

Mas, ao despir dos ombros meus o manto,
Notei – oh! Grande dor! – haver perdido
Uma relíquia que eu prezava tanto!
Era um cordão de prata, eu tinha-o unido

Contra o coração, constantemente,
E o conservava no maior recato,
Pois minha mãe me dera essa corrente
E, suspenso à corrente, o seu retrato.

Certo caíra além no mar profundo,
No eterno abismo que devora tudo;
E foi o cão, foi esse cão imundo
A causa do meu mal! Ah! Se Veludo

Duas vidas tivera – duas vidas
Eu arrancara àquela besta morta
E àquelas vis entranhas corrompidas!
Nisto, senti uivar à minha porta.

Corri, – abri... era Veludo! Arfava:
Estendeu-se a meus pés, – e docemente
Deixou cair da boca que espumava,
A medalha suspensa na corrente.

Fora crível, oh! Deus? – ajoelhado
Junto do cão, estupefato, absorto,
Palpei-lhe o corpo; estava enregelado,
Sacudi-o, chamei-o! Estava morto.

Versos que retratam uma verdadeira amizade e lealdade do cão Veludo, rejeitado pelo seu dono. O cão é o verdadeiro amigo do homem!

(Antônio Moura)[49]

LIRAS

Alvarenga Peixoto

Bárbara bela,
Do norte estrela,
Que o meu destino
Sabes guiar,
De ti ausente,
Triste, somente
As horas passo
A suspirar.

Por entre as penhas
De incultas brenhas,
Cansa-me a vista
De te buscar;
Porém não vejo
Mais que o desejo
Sem esperança
De te encontrar.

Eu bem queria
A noite e o dia
Sempre contigo
Poder passar;
Mas orgulhosa
Sorte invejosa
Desta fortuna
Me quer privar.

Tu, entre os braços,
Ternos abraços
Da filha amada
Podes gozar;
Priva-me a estrela
De ti e dela,
Busca dois modos
De me matar!

Tão grande amor, tão lindo poema! A gente conhece desde criança e não aprende!

(Glória Arreguy)[50]

A SERRA DO ROLA-MOÇA

Mário de Andrade

A Serra do Rola-Moça
Não tinha esse nome não...
Eles eram do outro lado,
Vieram na vila casar.
E atravessaram a serra,
O noivo com a noiva dele
Cada qual no seu cavalo.

Antes que chegasse a noite
Se lembraram de voltar.
Disseram adeus pra todos
E se puserem de novo
Pelos atalhos da serra
Cada qual no seu cavalo.

Os dois estavam felizes,
Na altura tudo era paz.
Pelos caminhos estreitos
Ele na frente, ela atrás.
E riam. Como eles riam!
Riam até sem razão.

A Serra do Rola-Moça
Não tinha esse nome não.

As tribos rubras da tarde
Rapidamente fugiam
E apressadas se escondiam
Lá embaixo nos socavões,
Temendo a noite que vinha.

Porém os dois continuavam
Cada qual no seu cavalo,
E riam. Como eles riam!
E os risos também casavam
Com as risadas dos cascalhos,
Que pulando levianinhos
Da vereda se soltavam,
Buscando o despenhadeiro.

Ah, Fortuna inviolável!
O casco pisara em falso.
Dão noiva e cavalo um salto
Precipitados no abismo.
Nem o baque se escutou.
Faz um silêncio de morte,
Na altura tudo era paz...
Chicoteando o seu cavalo,
No vão do despenhadeiro
O noivo se despenhou.

E a Serra do Rola-Moça
Rola-Moça se chamou.

Mário de Andrade, revolucionário de 1922, esquece o seu caráter de protesto para assumir uma forma lírica, plena de mineiridade, neste A Serra do Rola-Moça, *parte do "Noturno de Belo Horizonte", em que ele "queria contar as histórias de Minas" para o Brasil.*

(Elizabeth Rennó)[51]

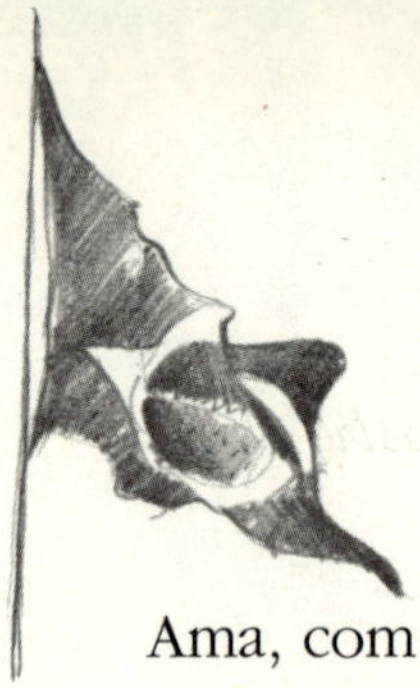

A PÁTRIA

Olavo Bilac

Ama, com fé e orgulho, a terra em que nasceste!

Criança! Não verás nenhum país como este!
Olha que céu! que mar! que rios! que floresta!
A natureza aqui, perpetuamente em festa,
É um seio de mãe, a transbordar carinhos.

Vê que vida há no chão! Vê que vida há nos ninhos,
Que se balançam no ar, entre os ramos inquietos!
Vê que luz, que calor, que multidão de insetos!
Vê que grande extensão de matas, onde impera,
Fecunda e luminosa, a eterna primavera!

Boa terra! Jamais negou a quem trabalha
O pão que mata a fome, o teto que agasalha.

Quem com seu suor a fecunda e umedece,
Vê pago o seu esforço, e é feliz, e enriquece!

Criança! Não verás país nenhum como este:
Imita, na grandeza, a terra em que nasceste!

O entusiasmo parnasiano de Bilac, evidenciado nesta poesia, bem demonstra o desafio constante que todos nós enfrentamos, de preservar e, ainda mais – incessante peleja –, consolidar o sentido de brasilidade.

(Patrus Ananias)[52]

A CRUZ DA ESTRADA

Castro Alves

Caminheiro que passas pela estrada,
Seguindo pelo rumo do sertão,
Quando vires a cruz abandonada,
Deixa-a em paz dormir na solidão.

Que vale o ramo do alecrim cheiroso
Que lhe atiras nos braços ao passar?
Vais espantar o bando buliçoso
Das borboletas, que lá vão pousar.

É de um escravo humilde sepultura,
Foi-lhe a vida o velar de insônia atroz.
Deixa-o dormir no leito de verdura,
Que o Senhor dentre as selvas lhe compôs.

Não precisa de ti. O gaturamo
Geme, por ele, à tarde, no sertão.
E a juriti, do taquaral no ramo,
Povoa, soluçando, a solidão.

Dentre os braços da cruz, a parasita,
Num abraço de flores, se prendeu.
Chora orvalhos a grama, que palpita;
Lhe acende o vaga-lume o facho seu.

Quando, à noite, o silêncio habita as matas,
A sepultura fala a sós com Deus.
Prende-se a voz na boca das cascatas,
E as asas de ouro aos astros lá nos céus.

Caminheiro! Do escravo desgraçado
O sono agora mesmo começou!
Não lhe toques no leito de noivado,
Há pouco a liberdade o desposou.

Quando eu cursava o terceiro ano primário, minha professora Mestra Otília –uma negra assumida, carinhosa e inteligente – ensinou-me a gostar de Castro Alves, o poeta dos escravos. Um dia, na sessão literária, recitei A Cruz da Estrada. *Comecei com a voz firme e pausada: "Caminheiro que passas pela estrada..." e terminei com a voz embargada: "Há pouco a liberdade o desposou". Abracei minha querida mestra e choramos juntos.*

(Aluísio Pimenta)[53]

NOTAS

(Os números se reportam às pessoas e seus comentários, constantes do texto.)

(1) Elza de Moura é uma surpreendente usina de energia. Ao se definir como professora aposentada, cometeu, a meu ver, uma impropriedade. Participante de inúmeras atividades, professora de professores, jamais vai se aposentar.

(2) Irmã Berta é freira em Belém (PA), foi professora e diretora do Colégio São Paulo. Conviveu, aliás, ainda convive, com a juventude, vendo, tratando e pelejando, enfim, dedicando-se à formação de jovens sob o ideal do Cristianismo.

(3) Olavo Romano é mineiríssimo, como são os casos que nos conta em livros, palestras, seminários, viagens, ufa!... sem perder a ternura jamais. Esse homem nasceu para nos fazer felizes, contando e preservando, com simplicidade e sucesso, as histórias de nossa gente.

(4) Alaíde Lisboa de Oliveira é doutora em Didática, foi professora de várias entidades de ensino superior. Professora emérita da Universidade Federal de Minas Gerais (UFMG). Autora dos clássicos da literatura infantil *A Bonequinha Preta* e *O Bonequinho Doce*. Mostrando alegria e sensibilidade, aos 98 anos, recebeu-me em sua casa com flores, carinho e poesia.

(5) Marcondes Franco é médico da alma, poeta e escritor. Se a medida do homem é seu coração (*Lc.* 10, 25-34), ele é o próprio samaritano.

(6) Laércio Rocha é cirurgião-dentista. Um pouco aposentado, quer dizer, ainda atende a quem precisa, gratuitamente. Saudoso de sua mulher, Márcia, tem o conforto da convivência com os netos, esse saudável conflito de gerações.

(7) Dulce me recitou quase trinta poesias, sem engolir uma vírgula. Recitou-me modo de dizer; estavam reunidos filhos e netos, entusiasmados com sua memória e sua empolgação. Eu também.

(8) Terezinha me ajudou muito nas pesquisas no Centro de Referência do Professor, na Praça da Liberdade, em Belo Horizonte. Não pensou duas vezes para escolher *A Estrelinha*, de tanto declamá-la ao seu neto, como nos conta.

(9) Maurício e Beatriz formam o casal perfeito: são diferentes um do outro; portanto, se completam. Igualam-se no amor e na solidariedade ao próximo. Beatriz, ciumenta, tem chaveado seu livrinho de poesias que nem emprestar empresta, a ninguém. Mais não falo, senão vão desconfiar que são meu irmão e minha cunhada.

(10) Vavá, o Valdir, é taxista. Conheci-o numa corrida de táxi. Dentre os triviais assuntos de política e futebol, contou-me que sua mãe recitava essa poesia para obrigá-lo a comer carne moída,

que detestava. Não se lembrava dela totalmente (da poesia, é claro) e até hoje não come nem pastel.

(11) Hortência aposentou-se como bancária e, com os filhos já criados, feliz da vida, cismou de retornar à vocação, à carreira inicial de professora. Amiga de muita gente, está lá de prontidão, em sua sala, ajudando os outros.

(12) João de Assis Marques, o Janjão, é gente boa de Manhuaçu. Solidário às causas de nossos valores culturais, seu apelido por certo o fez se identificar com o "ato bonito" do herói da história.

(13) Manuel Lobato é um jovem escritor de 77 anos. Além dos inúmeros livros editados, publica artigos em jornais de Belo Horizonte. Era corretor de erros, em textos alheios, no *Minas Gerais* e fez parte da direção do Caderno Cultural desse jornal.

(14) Alice Carvalho M. Mendonça formou-se em Pedagogia e Artes Cênicas. Está em atividade como contadora de histórias e sócia-diretora de escola infantil.

(15) Estou casado com Yara há mais de quarenta anos. Temos os filhos Gustavo e Lígia – ela, a mãe dos dois netos citados na dedicatória. Ponto.

(16) Maria Elvira Salles Ferreira é educadora, ex-presidente da Comissão Permanente de Educação,

Cultura e Desporto da Câmara dos Deputados. Pertence à Academia Mineira de Letras.

(17) Nilva M. Noronha (88 anos) foi enfermeira da Cruz Vermelha, na época da 2ª Guerra Mundial, e tem a vaidade de cultivar e divulgar nossos poetas.

(18) Juninho é Marcos Bello Júnior, de 12 anos, filho de vizinho. Assistira na tevê ao *Sítio do Pica Pau Amarelo* e, sem ser perguntado, saiu-se com essas definições. A poesia *Mãe Preta* me foi sugerida pela Srª. Madalena Figueiredo, da Academia Cearense de Letras, que a comparou com o tema de *Irene no Céu.*

(19) Maria Geralda foi professora, orientadora e diretora de grupos escolares. Recebeu-me em sua casa com seus netos, pão de queijo e cafezinho, e lemos, aos risos e saudades, o rascunho desta coletânea.

(20) Nair Sena Carmona é mulher do Dr. Clézoro Carmona, meu amigo. Professora e declamadora oficial no Colégio Nazaré – no rio das grandes araras, Araçuaí –, principalmente, como disse, na festa do Dia das Mães. Devia ser pura maravilha, essas coisas que permanecem na mente e no coração.

(21) Maria Aparecida Andrade Moura é pedagoga, leitora assídua de crônicas e poesias "e por elas mergulha no mar dos pensamentos e mensagens que a literatura proporciona".

(22) Hernâni é funcionário da Justiça Federal. Foi quem me lembrou essa poesia que, apesar de tão curta, eu não sabia inteira. Voltando aos estudos, acabou de passar no Vestibular e mostra-se afiado no cipoal da Língua Portuguesa.

(23) Marco Antônio S. Bueno estudou no Colégio Arnaldo, fez parte de um conjunto musical (baterista) e hoje é profissional autônomo, técnico de som em uma gravadora multinacional.

(24) Luís Edmundo Telles Silva, seu Didi, estudou no antigo Colégio Mineiro. Define-se como microempresário, mas tem uma enorme oficina de mecânica de automóveis. Dizem que, aos 74 anos, ainda conserta carro só pelo barulho que ele faz.

(25) Matilde Pinto de Carvalho é admiradora dos poetas românticos, como ela mesma declara. É outra que também gostava de declamar em festas e solenidades. Também formada em Letras, é diretora do Colégio Padre Eustáquio.

(26) Maria do Carmo está entusiasmada com uma idéia: reintroduzir os saraus literários, com fundo musical de piano, no salão de festas de sua amiga Maria Geralda.

(27) Guarany Edu Gallo é escritor, promotor cultural, crítico de arte e advogado em São Paulo.

(28) Maria das Mercês Alves de Rezende é professora e bibliotecária. Encontrei-a na casa de D. Alaíde, onde recitamos juntos alguns poemas daquele tempo.

(29) Belti pretende escrever um livro de poesias. Entre os cuidados com a casa, marido e filhos, encontra tempo para ler seu Bilac, cuidar de plantas e flores e ouvir os clássicos. Que felicidade!

(30) Geraldo de Assis Carvalho é professor de História e Filosofia, foi fundador e é o atual diretor do Colégio Roma.

(31) Isa Musa de Noronha, além de poeta, é professora e psicóloga. Muito me ajudou na elaboração desta *Antologia*, eu que sou analfabeto em matéria de computador. Muito obrigado, especial.

(32) Waldir Machado estudou em São Paulo, casou-se em Minas. Foi professor de Esperanto, tem uma loja de brinquedos e está constituindo uma Organização Não-Governamental para defesa da Serra da Canastra e seus arredores.

(33) O professor Abreu queixou-se a mim, num mês de janeiro, de uma certa dor no estômago. Reservou este poema e pediu-me para procurá-lo no dia 25 de fevereiro. Neste intervalo, Deus achou melhor levá-lo para discutir literatura com Monteiro Lobato, de quem era admirador. Deixo-lhe aqui minha homenagem.

(34) George Washington de Moraes é doutor em Biofísica e professor no Museu de História Natural da UFMG. Está ligado à área das ciências, mas a criança permanece dentro dele, desse apaixonado por Casimiro de Abreu.

(35) Maria Aparecida Sá é formada em Letras. Mais do que muita gente, sabe que viver é lutar. Mantém sua livraria em Caratinga, quer dizer, é bendita ao semear livros e mandar o povo pensar, como assegura Castro Alves em conhecida trova.

(36) Eneida Machado Milet é psicóloga-clínica e vem de uma terra de cultura, a antiga Nossa Senhora das Dores da Serra do Indaiá. Para se ver como é pequeno o mundo, tem também sua coletânea de poesias e nos encontramos por indicação do professor Affonso Romano de Sant'Anna.

(37) José Henriques Maia foi meu colega no Banco do Brasil. Desde lá o conheço, trabalhando e versejando, formiga e cigarra ao mesmo tempo. Família numerosa, aumentou-a recentemente, com o lançamento de *Coração de Menino*, livro de deliciosas poesias.

(38) Jan nasceu na Holanda, veio ao Brasil, viu, gostou do que viu e se naturalizou. Como o Conde Afonso Celso, ufana-se de ser brasileiro por opção. É tradutor-juramentado, bacharel-licenciado pela Pontifícia Universidade Católica de Minas Gerais (PUC/MG) e vice-diretor do Colégio Padre Eustáquio.

(39) Amadeu é proprietário, desde 1948, do "sebo" mais tradicional de Belo Horizonte, o qual leva o seu nome. Chova ou faça sol, está atrás do balcão atendendo a todos com a sua experiência no ramo e com a imensa alegria dos seus 85 anos de idade.

(40) Cléber Varandas de Lima é professor, e dos bons, de Português, e dedica-se, ainda, a obras sociais e de caridade. Pois sabendo Deus do antigo sofrimento dos professores nesta terra, há pouco o recompensou com a chegada de três netos, trigêmeos, o que acabou de acabar, dando-lhe imensa alegria, com o seu já pouco tempo livre.

(41) Maurício Vicente Las-Casas é engenheiro civil e perito judicial da Justiça Federal. Meu vizinho e antigo colega dos bons tempos do Colégio Estadual.

(42) José BentoTeixeira de Salles é jornalista, escritor, também contador de casos e professor em democracia – matéria em que se pós-graduou na convivência com Milton Campos, ex-governador do nosso Estado. Pertence à Academia Mineira de Letras.

(43) João Henriques de Freitas Filho foi professor titular (decano) de Medicina Legal na PUC/MG e de Deontologia na UFMG. Consultor *ad hoc* do CNPq – Conselho Nacional de Pesquisas, está sempre bem disposto a participar de grandes discussões filosóficas com seus amigos.

(44) Haydée de Paula Toledo é professora aposentada em Betim, tendo lecionado para os cursos primário e ginasial em várias cidades de Minas Gerais.

(45) Túlio Sequeira Rolim é um taura de Uruguaiana. Formado em Pedagogia, mas agora aposentado, divide seu ócio com dignidade entre a cidade e a serra: o apartamento no Rio e o sítio em Miguel Pereira. Um amigo especial, que admiro muito.

(46) João Evangelista Alvarenga estudou também no antigo Colégio Estadual. Dentre várias atividades, usando seus conhecimentos de engenheiro agrônomo, é produtor e comerciante de verduras hidropônicas.

(47) Oscar Mendes era o pernambucano mais mineiro que conheci. Exigente nas salas de aula, afetuoso conselheiro fora delas. Leão e cordeiro, no dizer de Santo Afonso. Professor, advogado, escritor e tradutor, comemorou-se, recentemente, seu 100º aniversário de nascimento. Deixou-nos um grande exemplo e uma enorme saudade.

(48) Leny Moraes é formada em Letras pela UFMG e diretora da Escola Estadual Madre Carmelita. É outra que sabe de memória qualquer uma dessas poesias e muitas outras.

(49) Antônio Perboyre M. de Moura é professor de Matemática e funcionário público federal aposentado.

(50) Glória Arreguy é mãe de família, em primeiro lugar. Admiradora e leitora assídua da literatura brasileira – poesia em particular –, tem pela frente inúmeros, belos e novos caminhos, pois está recém-aposentada.

(51) Elizabeth Rennó é Mestre em Literatura Brasileira. Pertence a várias academias literárias, à Intl. Writers and Artists do Bluffton College (EUA) e é a atual presidente da Academia Mineira Feminina de Letras.

(52) Patrus Ananias de Souza foi prefeito de Belo Horizonte. Formado em Direito pela UFMG, pertence à Academia Mineira de Letras, é presidente do Instituto Jacques Maritain – PUC/MG e Deputado Federal.

(53) Aluísio Pimenta foi ministro da Cultura, aliado forte na luta contra preconceitos. Levantou problemas básicos da cultura brasileira, até então considerados simples comportamentos sociais, criando-se em sua gestão, dentre outras, a Assessoria da Etnia Negra, base da atual Fundação Palmares. Pertence à Academia Mineira de Letras e atualmente é diretor nacional do Instituto Teotônio Vilela.

REFERÊNCIAS BIBLIOGRÁFICAS

AGIR Editora. *Nossos Clássicos* (diversos). São Paulo: Agir Editora, s/d.

ANDRADE, Djalma. *Poemas de Ontem e de Hoje*. Belo Horizonte: Oliveira, Costa e Cia. Ltda., s/d (1949?).

BANDEIRA, Manuel. *Apresentação da Poesia Brasileira*. Rio de Janeiro: Ediouro, s/d.

D'ALVAREZ, Martins. *No Mundo da Lua*. São Paulo: Editora Pongetti, 1947.

DE CASTRO E SILVA. *Augusto dos Anjos, o Poeta e o Homem*. Editora, 1954.

GALHARDO, Thomaz. *Livro de Literatura para a Infância*. Rio de Janeiro: Francisco Alves, 57 ed., 1937.

LINHARES, Augusto. *Ora, direis*... Fortaleza: Editora Instituto do Ceará, 1948.

KOPKE, João. *Histórias de Meninos nas Ruas e nas Escolas*. Rio de Janeiro: Francisco Alves, 12 ed., 1945. (Coleção).

MARQUES DA CRUZ, J. *Português Prático*. São Paulo: Editora Melhoramentos, 1953.

MENEZES, Raimundo. Dicionário Literário Brasileiro. São Paulo: Editora Saraiva, 1969.

MINAS GERAIS. Secretaria da Educação. *A Poesia nas Escolas*. Belo Horizonte: Imprensa Oficial, 1956.

OLIVEIRA, Cleófano. *Flor do Lácio*. São Paulo: Editora Saraiva, 1958.

SANTOS, Theobaldo Miranda. *As Mais Belas Poesias Infantis.* Rio de Janeiro: Editora Nacional, 1955.

SODRÉ, Nélson Werneck. *História da Literatura Brasileira.* Rio de Janeiro: Editora Civilização, 5 ed., 1969.

SHIMIZU, Luiz. (org.) *Poesias Consagradas.* São Paulo: EPOL, s/d.

WERNECK, Eugênio. *Antologia Brasileira.* Rio de Janeiro: Francisco Alves, 1941.

ÍNDICE DE AUTORES E POESIAS

ALVARENGA PEIXOTO
Inácio José de Alvarenga Peixoto
Rio de Janeiro/RJ, 1744(?) – Angola/África, 1.1.1793
Liras (Bárbara Bela) 93

ALPHONSUS DE GUIMARAENS
Afonso Henriques da Costa Guimarães
Ouro Preto/MG, 24.7.1870 – Mariana/MG, 15.7.1921
As Virtudes 74
Ismália 75

ÁLVARES DE AZEVEDO
Manuel Antônio Álvares de Azevedo
São Paulo/SP, 12.9.1831 – São Paulo/SP, 25.4.1852
Se eu Morresse Amanhã 83
Tristeza 82

ARTUR AZEVEDO
Artur Nabantino Gonçalves de Azevedo
São Luís/MA, 7.7.1855 – Rio de Janeiro/RJ, 22.10.1908
Infantilidade 17
Velha Anedota 22

AUGUSTO DOS ANJOS
Augusto Carvalho Rodrigues dos Anjos
Engenho Pau d'Arco/PB, 20.4.1884 – Leopoldina/MG, 12.11.1914
A Idéia 84
Debaixo do Tamarindo 85

AUGUSTO LINHARES
Baturité/CE, 24.11.1879 – Rio de Janeiro/RJ, 21.10.1963
Mãe Preta 42

BASTOS TIGRE
Manoel Bastos Tigre
Recife/PE, 12.3.1882 – Rio de Janeiro/RJ, 2.8.1957
O Caroço 31

CASIMIRO DE ABREU
Casimiro José Marques de Abreu
Capivari/RJ, 4.1.1837 – Indiaçu/RJ, 18.10.1860
Deus 21
Meus Oito Anos 15
Minha Mãe 45

CASTRO ALVES
Antônio Frederico de Castro Alves
Cabaceiras/BA, 14.3.1847 – Salvador/BA, 6.6.1871
A Cruz da Estrada 99
Gondoleiro do Amor 67
Navio Negreiro 69
Vozes d'África 55

COELHO NETO
Henrique Maximiano Coelho Neto
Caxias/MA, 21.2.1864 – Rio de Janeiro/RJ, 28.11.1934
Ser Mãe 44

DJALMA ANDRADE
Djalma Assis Andrade
Conselheiro Lafaiete/MG, 3.12.1893 – Belo Horizonte/MG, 12.5.1975
Ato de Caridade 73

FAGUNDES VARELA
Luiz Nicolau Fagundes Varela
Rio Claro/RJ, 17.8.1841 – Niterói/RJ, 18.2.1875
A Língua Humana 49

FRANCISCA JÚLIA
Francisca Júlia da Silva
Xiririca/SP, 31.8.1871 – São Paulo/SP, 1.11.1920
O Patinho 26

FRANCISCO OTAVIANO
Francisco Otaviano de Almeida Rosa
Rio de Janeiro/RJ, 26.6.1825 – Rio de Janeiro/RJ, 28.6.1884
Ilusões da Vida 48

F. MONTEIRO DE BARROS
Francisco de Paula Monteiro de Barros
Rio de Janeiro/RJ, 12.11.1871 – Rio de Janeiro/RJ, 3.10.1915
Igualdade Ilusória 80

GONÇALVES DIAS
Antônio Gonçalves Dias
Caxias/MA, 10.8.1823 – Em naufrágio/MA, 3.11.1864
Canção do Exílio 62
Canção do Tamoio 64
I Juca-Pirama 60

GREGÓRIO DE MATOS
Gregório de Matos e Guerra
Salvador/BA, 20.12.1633 – Recife/PE, 26.11.1696
Buscando Cristo 72
Implorando Perdão 71

JOÃO KÖPKE
Petrópolis/RJ, 1852(?) – Rio de Janeiro/RJ, 1926(?)
Achei um Relógio 29
Sonho 33

LAURINDO RABELO
Laurindo José da Silva Rabelo
Rio de Janeiro/RJ, 8.7.1826 – Rio de Janeiro/RJ, 28.9.1864
O Tempo 58

LUÍS GUIMARÃES
Luís Caetano Pereira Guimarães Jr.
Rio de Janeiro/RJ, 17.2.1845 – Lisboa, 19.5.1897
Visita à Casa Paterna 43
Veludo 88

MACHADO DE ASSIS
Joaquim Maria Machado de Assis
Rio de Janeiro/RJ, 21.6.1839 – Rio de Janeiro/RJ, 29.9.1908
Círculo Vicioso 40
A Carolina 78

MANUEL BANDEIRA
Manuel Carneiro de Sousa Bandeira Filho
Recife/PE, 19.4.1886 – Rio de Janeiro/RJ, 13.10.1968
Irene no Céu 41
Trem de Ferro 38
Pardalzinho 59

MÁRIO DE ANDRADE
Mário Raul Morais de Andrade
São Paulo/SP, 9.10.1893 – São Paulo/SP, 25.2.1945
A Serra do Rola-Moça 95

MARTINS D'ALVAREZ
José Martins d'Alvarez
Barbalha/CE, 14.9.1904 – Rio de Janeiro/RJ, 13.6.1959
A Estrelinha 25
O Ninho 28

OLEGÁRIO MARIANO
Olegário Mariano Carneiro da Cunha
Recife/PE, 24.3.1889 – Rio de Janeiro/RJ, 28.11.1958
O Enterro da Cigarra 57
As Duas Sombras 79

OLAVO BILAC
Olavo Brás Martins dos Guimarães Bilac
Rio de Janeiro/RJ, 16.12.1865 – Rio de Janeiro/RJ, 18.12.1918
A Boneca 20
A Pátria 98
Deus 47
Natal 23
Ouvir Estrelas 54
Pássaro Cativo 76
Plutão 86

RAIMUNDO CORREIA
Raimundo da Mota de Azevedo Correia
A bordo de navio/MA, 13.5.1859 – Paris, 13.9.1911
A Cavalgada 50
Mal Secreto 52
As Pombas 51

TAVI PAGANO
Otávia de Freitas Guimarães Pagano
Campinas/SP, 24.6.1921 – Cravinhos/SP, 30.5.2003
Menino Luxento 27
Os Maridos 32

THOMAZ GALHARDO
Thomaz Paulo do Bom Sucesso Galhardo
Ubatuba/SP, 29.12.1855 – São Paulo/SP, 30.6.1904
O descuidado 18

VICENTE DE CARVALHO
Vicente Augusto de Carvalho
Santos/SP, 5.4.1866 – Santos/SP, 22.4.1924
A Flor e a Fonte 36

ZALINA ROLIM
Maria Zalina Rolim Xavier de Toledo
Botucatu/SP, 20.7.1869 – São Paulo/SP, 24.6.1961
Setim 53

Observação: Em virtude de ocasionais divergências e/ou dúvidas constantes das referências bibliográficas já citadas, alguns casos de nome completo, locais e datação (nascimento e falecimento) dos poetas foram pesquisados e obtidos em inúmeras Associações e Fundações culturais. Dentre outras, FUNDART/Ubatuba, Biblioteca da FALE/UFMG, Academia Brasileira de Letras e Biblioteca Nacional.

O autor reconhece o valor dessas colaborações e agradece.

Este livro foi composto em tipologia
Gatineau e impresso em papel
Chamois Bulk 80g/m² (miolo) e
Cartão Royal 250g/m² (capa).

Impressão e acabamento:
YANGRAF Gráfica e Editora Ltda
Fone/Fax: (11) 6198.1788